LEGO NINJAGO
Masters of

MAESTROS DE SPINJITZU

ADAPTADO POR TRACEY WEST

SCHOLASTIC INC.

MVFOL

Originally published in English as *Masters of Spinjitzu*
Translated by Juan Pablo Lombana

ISBN 978-0-545-81982-4

12 11 10 9 8 7 6 5 4 3 2 1   15 16 17 18 19 20/0

Printed in the U.S.A.
First Scholastic Spanish printing, June 2015

EL EQUIPO

En una empinada montaña en Ninjago™, cuatro jóvenes ninja tiraban de un carruaje al amanecer. Iban en busca de la Guadaña de Terremotos, una de las Cuatro Armas de Spinjitzu.

En el carruaje iba Sensei Wu, su maestro.

Kai, el ninja de rojo, era el más reciente integrante del equipo.

—¿Dónde los encontró Sensei a ustedes? —les preguntó Kai a los otros.

—Yo estaba probando mi resistencia —contestó Cole, el ninja de negro—. Subí a la montaña más alta sin ninguna ayuda. Pero cuando llegué a la cima, Sensei Wu ya estaba allí, bebiendo té.

—Yo estaba probando mi invento —dijo Jay, el ninja de azul.

Jay había hecho un par de alas. Trató de volar… pero se estrelló y entonces vio a Sensei Wu. Lo estaba esperando en un tejado cercano, bebiendo té.

—Y yo me estaba poniendo a prueba a mí mismo —dijo Zane, el silencioso ninja de blanco.

Zane estaba meditando en el fondo de un lago helado e increíblemente... ¡Sensei Wu estaba allí, bajo el agua, bebiendo té!

EL PLAN

—¡Alto! —gritó Sensei Wu de pronto.

Los ninjas se detuvieron. Un gran cañón se extendía ante ellos. Esqueletos guerreros cavaban la ladera de la montaña.

—Las Cuevas de la Desesperación —dijo Sensei—. A Samukai no le faltará mucho para desenterrar la Guadaña de Terremotos.

—Recuerden, no usen el Arma —les advirtió Sensei Wu—. Porque su poder...

—¡Ya lo sé! —dijo Jay. Se lo había oído decir muchas veces a Sensei—. Su poder es demasiado grande para los mortales —y añadió dirigiéndose a sus amigos—: ¡Es hora de que aplastemos este puesto de limonada! Cole, ¿ya tienes un plan?

—Por supuesto —respondió Cole—.
Primero, nosotros… oigan, ¿dónde está Kai?

Kai no había esperado a oír el plan. Los
ninjas lo vieron escabullirse tras los esqueletos
guerreros en el cañón.

—¡Vamos! —gritó Jay.

ATAQUE FURTIVO

Jay, Cole y Zane saltaron al cañón. Vieron rocas que salían de una cinta transportadora. Los esqueletos guerreros revisaban cada roca, en busca de la Guadaña de Terremotos.

¡Uno de los guerreros vio a Kai! Pero antes de que pudiera gritar, otro ninja le saltó encima.

¡Bam! ¡Plas! ¡Tras! Cole, Jay y Zane se aseguraron de que el guerrero no los delatara.

Kai se escondió detrás de unas grandes rocas. Miró hacia arriba, hacia una torre alta que estaba en medio del cañón. ¡Vio que dentro de la torre estaba Samukai, el rey del Submundo!

—¡El mapa! —gritó Kai.

El mapa mostraba el lugar donde estaban escondidas las Cuatro Armas de Spinjitzu. Samukai lo había robado de la herrería de Kai.

Cerca de allí, dos esqueletos comandantes revisaban las rocas que pasaban por la cinta transportadora. ¡Cole, Jay y Zane se escabulleron por debajo de ellos!

Kruncha y Nuckal no se dieron cuenta.

—¡Encontré algo! —dijo Nuckal agarrando una roca.

—¡No es más que una roca, tonto! —le gritó Kruncha.

—Pero parece una rosquilla —dijo Nuckal—. Me pregunto si sabrá igual.

¡Cham! Nuckal mordió la roca con fuerza.

—¡Ay!

Kai trepó hasta la cima de la torre. Cole, Jay y Zane se le unieron.

—¿Cuál es tu problema? —le dijo Jay a Kai dándole un golpe en la cabeza.

—*¡Shhh!* —dijo Kai, y señaló un hoyo en el techo por donde se veía que Samukai estudiaba el mapa.

—¡Está al revés! —dijo Jay—. ¡Están cavando en el lugar equivocado!

LA GUADAÑA DE TERREMOTOS

—El Arma Dorada está cerca —dijo Zane.

Ató un shuriken a una cuerda y lo tiró por el hoyo. Samukai no lo vio. El shuriken agarró el mapa y Zane haló la cuerda hasta que el mapa pasó por el hoyo.

—No hay tiempo que perder —dijo Kai. Saltó de la torre con una voltereta y salió corriendo.

—¿Qué le pasa a Kai? —preguntó Jay—. ¡Vive apurado!

Los ninjas corrieron detrás de Kai, que se dirigía al lugar donde la Guadaña de Terremotos estaba escondida. Una gran roca bloqueaba la entrada. Cole, Jay, Kai y Zane empujaron la roca hasta que se deslizó.

La Guadaña de Terremotos brillaba dentro de la cueva. El Arma reposaba sobre la estatua de una cabeza de dragón.

—¡Fantástico! —dijo Jay, y el eco de su voz resonó por toda la cueva.

—¡*Shh!* ¡No tan alto! —dijo Cole, y entonces se subió a la estatua, tomó el Arma y se la lanzó a Kai—. Ahora salgamos de aquí mientras esos huesos tontos siguen ocupados.

Detrás de ellos, la boca de la estatua se abrió lentamente…

UN ESCAPE TRUNCADO

Los ninjas salieron de la cueva… ¡y se encontraron con Samukai y sus guerreros!

Samukai extendió sus cuatro brazos. Cada una de sus huesudas manos sostenía una afilada daga. Los ninjas desenvainaron sus espadas y embistieron con un grito de batalla.

—¡Jai-yaaa!

Cole, Jay, Kai y Zane pelearon contra el ejército de esqueletos guerreros.

—Son muchos —gritó Kai mientras golpeaba a un esqueleto con su espada.

—Yo me encargo —gritó Jay, y saltó en medio de un grupo de soldados.

De repente, Jay se detuvo. Miró a los guerreros que tenía enfrente. Algunos tenían largos bastones. Otros daban vueltas a las armas por encima de sus cabezas.

—Chicos, es igual que en el patio de entrenamiento de Sensei —dijo Jay.

Los cuatro ninjas habían practicado en ese patio. Querían aprender Spinjitzu. Pero hasta el momento, ninguno podía girar como Sensei Wu.

—¡Sobre las tablas! —gritó Jay.

Entonces, saltó de un guerrero a otro y logró tumbarlos.

—¡Esquiven las espadas! —dijo Jay, dando un salto mortal sobre las cabezas de unos guerreros—. ¡Y ahora algo especial! —añadió, girando hasta dar contra otro guerrero.

MAESTROS DE SPINJITZU

Jay giró y giró… cada vez más rápido…
hasta que se volvió un huracán azul.
—¡Spinjitzu! —gritó Cole.

—¿Cómo lo hiciste, Jay? —le preguntó Kai.

—Solo seguí los pasos —contestó Jay.

Kai recordó el entrenamiento. Saltó. Luego dio un salto mortal y giró… ¡y se convirtió en un feroz huracán!

Cole y Zane hicieron lo mismo. Los cuatro ninjas estaban usando Spinjitzu y noqueando a todos los esqueletos que había alrededor.

OPERACIÓN DRAGÓN

—¡Retrocedan! —gritó Samukai.

Los cuatro ninjas persiguieron a Samukai y a su ejército hasta sacarlos de la cueva.

—Parece que no quieren nada con estos bebés —dijo Cole mostrando sus músculos.

Entonces, todos oyeron un gruñido extraño.

—Eh, ¿no dijo Sensei que al Arma la protegía un guardián? —preguntó Zane.

iLa estatua del dragón no era una estatua sino un dragón de verdad! La enorme bestia se paró lentamente.

—¿Es… es… es lo que pienso que es? —dijo Cole nervioso.

—Creo que no vamos a salir de esta situación girando —señaló Zane.

El dragón retrocedió, abrió la boca y les lanzó a los ninjas una llamarada anaranjada.

—*¡Aaaaaaaaaaaah!* —gritaron los ninjas cuando la llamarada les dio.

Cole, Jay, Kai y Zane salieron corriendo, pero el fuego del dragón les lamía los pies.

Kai tuvo una idea. Retiró la tela que cubría la Guadaña de Terremotos.

—¡Mala idea, Kai! —le advirtió Jay—. Sensei nos dijo que no la usáramos.

Pero Kai no lo escuchó. Corrió hasta
el dragón.

¡Bam! Kai alzó la Guadaña y la bajó
violentamente, golpeando el suelo de
la cueva con ella. El suelo comenzó
a temblar y a agrietarse. El dragón
perdió el equilibrio y se cayó.

—¡Debemos escapar! —gritó Cole.

TRABAJO EN EQUIPO

Los cuatro ninjas escaparon. Pero el dragón pudo levantarse y comenzó a perseguirlos.

—¡Podemos usar Spinjitzu! —gritó Cole, y comenzó a girar. Sus amigos también lo hicieron.

En unos segundos, los cuatro huracanes brillantes giraban por las paredes de la cueva, dirigiéndose a una abertura en el techo.

Cole, Jay, Kai y Zane se escaparon por la abertura antes de que el dragón pudiera alcanzarlos.

—¡Eso fue increíble! —dijo Cole, y chocó las manos con Kai.

—¡Sí! —gritó Kai—. ¡Somos fabulosos!

—Somos los mejores —dijo Zane con orgullo.

—¿Vieron eso? —preguntó Jay—. *¡Pas! ¡Bam!* Estuve imparable.

Sensei Wu se unió a los cuatro ninjas.

—Kai, ya eres parte del equipo, no lo olvides —dijo Sensei y se volteó—. ¡Vamos! Todavía hay tres Armas por encontrar.

Los cuatro ninjas siguieron a Sensei Wu hasta que salieron del cañón. Acababan de volverse Maestros de Spinjitzu y estaban listos para su próxima aventura.